LA BIBLIOTECA NOCTURNA

La biblioteca nocturna

Texto e ilustraciones: *Kazuno Kohara* ✴ 1.ª edición: junio de 2014 ✴ *Título original: Midnight Library* ✴ Traducción: *Joana Delgado* ✴ Maquetación: *Marta Rovira* ✴ Corrección: *M.ª Ángeles Olivera* ✴ © 2013, Kazuno Kohara por los textos e ilustraciones ✴ 1.ª edición de Macmillan Children's Books, sello editorial de Macmillan Publishers Ltd, en 2013. ✴ © 2014, Ediciones Obelisco, S. L. (Reservados todos los derechos para la lengua española) ✴ Edita: Picarona, sello infantil de Ediciones Obelisco, S. L. Pere IV, 78 3.ª planta, 5.ª puerta 08005 Barcelona - España Tel. 93 309 85 25 - Fax 93 309 85 23 E-mail: picarona@picarona.net Paracas, 59 C1275AFA Buenos Aires - Argentina Tel. (541-14) 305 06 33 - Fax (541-14) 304 79 20 ✴ ISBN: 978-84-941549-9-7 ✴ Depósito Legal: B-1.427-2014 ✴ *Printed in China* ✴ Reservados todos los derechos.

A mis padres

LA BIBLIOTECA NOCTURNA

Kazuno Kohara

Picarona

Érase una vez una biblioteca
que abría sólo por la noche.

En ella trabajaba una pequeña bibliotecaria y tres búhos que hacían de ayudantes.

Cada noche, acudían a la biblioteca animales de toda la ciudad.

Y la pequeña bibliotecaria y sus tres búho-ayudantes ayudaban a todos y cada uno de ellos a encontrar el libro perfecto.

La biblioteca siempre estaba concurrida, pero no obstante era un lugar tranquilo y silencioso. Hasta una noche en que...

¡PLAF!

¡CATACROC!

¡TARARÁ!

¡Una banda de ardillas empezó a tocar!
—¡Shhhhh! —dijo la pequeña bibliotecaria.
—¡Por favor, guardad silencio
en la sala de lectura!

—Lo sentimos –dijeron–, es que estamos intentando encontrar una buena canción para nuestro próximo concierto.

—Entonces, seguidme –anunció la bibliotecaria.

Y les mostró la sala de actividades.

El silencio volvió de nuevo a la biblioteca, mientras que la banda tocaba sus instrumentos tan alto como podía.

Aquella misma noche, más tarde,
la pequeña bibliotecaria
estaba atareada colocando libros
cuando, de repente,
¡empezó a llover!

—¡Dios mío! –dijo–. ¡Debe de haber un agujero en el tejado!
Pero en lo más alto de un estante descubrió...

¡Un lobo! Y lloraba tanto y tanto
que parecía que estuviera lloviendo.

—¿Qué sucede, señor lobo?
—le preguntó la pequeña
bibliotecaria.

—Pues que en la historia que estoy leyendo ha pasado una cosa muy triste y no puedo continuar —contestó el lobo.

—No llores, por favor —le dijo la bibliotecaria—, y lo acompañó al rincón del Cuentacuentos.

Leyeron el libro todos
juntos hasta que el lobo
empezó a sonreír.

La bibliotecaria y sus ayudantes
sabían que la historia tenía un final muy feliz.

¡RING, RING! El timbre sonó al salir el sol.
Había llegado el momento de que todo
el mundo se fuera a casa.

Uno a uno, los animales fueron saliendo
de la biblioteca nocturna.

Todos menos un nuevo visitante…

Una tortuga leía lentamente en un rincón, ¡y ni se había movido!

—Tengo que quedarme hasta que acabe de leer este libro —dijo la tortuga—. ¡sólo me quedan 500 páginas!

—Vamos a hacerte el carnet de la biblioteca —dijo la pequeña.

—Después podrás pedir prestado este libro y llevártelo a casa.

—¡Qué maravilla! —exclamó la tortuga— !Qué suerte tengo!

Horario de la biblioteca: de medianoche al amanecer

—¡Adiós, tortuga, que tengas un buen día!

Los tres búhos y la pequeña bibliotecaria empezaron
a limpiar a fondo la biblioteca ahora vacía.

Finalmente, llegó el momento de buscar el último libro.

Un libro muy especial...

Un libro de cuentos
para leer en la
cama a los tres
somnolientos
búhos.

¡Dulces
sueños!